KB172348

푸른사상 시선 142

꼬치 아파

푸른사상 시선 142

꼬치 아파

인쇄 · 2021년 3월 15일 | 발행 · 2021년 3월 22일

지은이 · 윤임수
펴낸이 · 한봉숙
펴낸곳 · 푸른사상사

주간 · 맹문재 | 편집 · 지순이, 김수란 | 마케팅 · 김두천
등록 · 1999년 7월 8일 제2─2876호
주소 · 경기도 파주시 회동길 337─16(서패동 470─6) 푸른사상사
대표전화 · 031) 955─9111(2) | 팩시밀리 · 031) 955─9114
이메일 · prun21c@hanmail.net /prunsasang@naver.com
홈페이지 · http://www.prun21c.com

ⓒ 윤임수, 2021

ISBN 979─11─308─1777─4   03810
값 10,000원

☞저자와의 합의에 의해 인지는 생략합니다.
이 도서의 전부 또는 일부 내용을 재사용하려면 사전에 저작권자와
푸른사상사의 서면에 의한 동의를 받아야 합니다.

푸른사상
시선
142

꼬치 아파

윤임수 시집

푸른사상
PRUNSASANG

부족한 듯 넘치지 않고
모자란 듯 설치지 않는
더없이 순진한 삶을 향해
내 마음 한 자락 내려놓으니
눈빛 선한 그대
언젠가 그 마음 만나거든
맑은 햇살과 같이
밝은 꽃구름과 같이
그대도 기꺼이 오래
여기에 오래 머물러주오

2021년 봄
윤임수

■ 시인의 말

제1부

제2부

제3부

제4부

제1부

미원집

그 역 앞 미원집을 나는 사랑했네
울컥, 막된 소리를 높이다가
바닥에 막걸릿잔을 털어내는 게 고작이었지만
진정 아름다움을 원했고
아름다운 것들은 왜 그리도 멀리 있는지
새벽 찬바람을 붙들고 가슴 아파했네

그 역 앞 미원집 이제 사라지고
뚝딱, 근사한 건물 하나 들어섰네
그러나 나는 아직 그 미원집 잊지 못하고
마음에 근사한 건물도 짓지 못하네
나는 진정 아름다움을 원하고
아름다운 것들은 아직도 멀리 있기 때문이네

나는

나는,

어깨 처져 아이들의 집으로 돌아가는
늙은 가장의 손에 들린 호떡 한 봉지이고
하룻밤 젊은것들이 마음을 다 내려놓은 채
돈이니 출세니 하는 것들을 가볍게
혹은 우습게 넘기는 막걸리 한 통이고
봄 햇살 졸음 쏟아지는 좌판에서
그대의 사뿐한 발걸음을 기다리는
축축 늘어진 돌나물 한 소쿠리이고
무거운 한숨 속에서도 따뜻하게 건너가는
찰랑찰랑 소주 한 잔이고,

그러므로
지친 너를 가만 감싸주는
초저녁 벽소령의 구름안개이고 싶고
산속 응달 반쯤 허물어진 무덤 옆에서
그 집 주인을 생각해보는 더딘 발걸음이고 싶고

그리하여

세상의 모든 야윈

그러나 눈빛 고운 그대들을 보듬는

상처의 집 한 채이고 싶고

그 집의 오래된 주인이고 싶고,

화엄벌 억새

바람에 몸 맡긴 채
눈부시게 늙어가는 것
누가 있거나 말거나 힐끔거림도 없이
햇살에 목덜미 통째로 내어놓고
제대로 말라가는 것
가끔 달빛 따라 먼 길 떠났다가
태연하게 발목 적시며 돌아와
아무렇지 않게 눈 씻고
다시 또 황홀하게 말라가는 것
세상이 온통 하얗게 될 때까지
가진 것 탈탈 털어내며
이제 그만 이제 그만도 없이
천천히 하염없이 말라가는 것
외롭고 슬프다는 것까지도 끌어안고
기꺼이 말라가는 것

어쩌나, 눈부심도 없이
온통 하얀 황홀함도 없이

외로움도 슬픔도 먼저 말라버린 나는

돌아서는 발걸음이 자꾸만 무거워져,

삼소굴(三笑窟)에 들고 싶다

경봉 큰스님이 열반에 들 때까지 기거했던,
포항 사는 사진쟁이 이해준 형이
가끔씩 들어가서 며칠씩 묵고 오는,
양산 통도사 극락암 삼소굴
가끔은 나도 그 소굴에 들어가서
며칠씩 두문불출, 틀어박혀서
같잖은 인생 뒤집어보고 싶다
온몸을 뒤집어서 가진 것 탈탈 털어내고
마음도 죄다 뒤집어서 오뉴월 댓잎
그 푸른 그늘 아래 아흐레쯤 널어놓고 싶다
그렇게 한 세 번쯤 저 소굴에 드나들면
고집 센 위아래가 없어지고
눈초리 추어올린 안팎도 슬그머니 사라져서
너와 나 아무것도 가릴 것 없는 우리 앞에
저 극락교 아래 잔잔한 수련과 같이
극락암 부처님도 웃음 한 자락 툭 던지시고
영축산 바위 능선도 허허, 허허 따라 웃으며
땅거미처럼 가만 사람의 마을로 내려올 것 같다

모든 마음의 경계 앞에서

늘 안쓰럽게 머물렀던 내 발걸음

가벼워, 참으로 가벼워

세상 속으로 훌쩍 스며들 수 있을 것 같다

구봉대산

생명의 잉태부터 생장과 죽음, 윤회까지 아홉 봉우리에
불교 사상을 담고 있다는 강원도 영월의 구봉대산, 들머리
부터 울울창창 서 있는 나무들이 시리고 저린 마음을 다독
이며 너무 나무라지 말라고 했지만 산정까지 길게 따라온
산 아래 법흥사 목탁 소리는 세상사 찌들어 가슴 깊게 자리
한 삿된 것들을 어서, 어서 버리라고 움츠러든 목을 탁, 탁
쳐대었습니다.

망해사

바다를 향한 마음 하나로
가엾게 팔 뻗은 저 팽나무
그 모습 안쓰러워
붉은 눈물 길게 흘리는 여린 해
그 모습 더욱 애달파서
잔바람에도 휘청,
휘청거리며
사백 년을 하루같이 기다린 팽나무

너에게 돌아가는 길은
아무리 멀어도 좋겠다

내 마음의 부처

경주 남산 상선암
마애여래불이 바라보는 곳은
절대 먼 곳이 아닙니다
바위 문을 열고 나오신 부처가
하늘과 땅을 불러 모은 그윽한 눈빛을
찬찬히 보내고 있는 곳은
바로 여기
이곳에 서 있는 지금 당신입니다
눈꺼풀 무거운 당신의 어깨를
가만 토닥이고 있는 것입니다
해설사 이야기에 귀를 쫑긋 모으니
아하, 그렇군요
내려오는 내내
내 등이 환하게 밝아옵니다
돌아오는 먼 길
발걸음 참 가볍습니다

가거도 일박

우리나라 최서남단 가거도에 가거든
이러니저러니 쉽게 말하지 말자
거기 서쪽으로 길게 다리 뻗은 섬등반도에 앉아
지는 해 하염없이 바라보다가
마음까지 바다에 빠뜨리지도 말자
서울에서 시집 온 민박집 젊은 아낙에게
전기가 몇 시에 끊기냐고 물어봤다가
옛날 얘기 하지 말라고 가볍게 핀잔 들어도
그저 소주나 한 잔 따라 마시고
허허 허허 자꾸만 웃어보도록 하자
밤 깊어 갈 길 어디인지 북극성 찾다가
독실산 가득 걸린 구름안개 답답하거든
망추개같이 오뚝한 별이나 하나 마음에 담자
그렇게 내 마음 내려놓고 거기 마음 담아 와서
쓸데없이 외롭다고 말하지 말자
절대 쓸쓸하다고 말하지 말자

삼강에서 보내는 편지

어찌 거기까지 갔느냐고 묻지 말아다오
어찌어찌 여기까지 왔노라고 말하지도 않으리니
그저,
팔다리 늘어진 늙은 회화나무 그늘에서
삼강주막 주전자 막걸리 들이켜고
슬며시 경계 허물어진 마음으로
이쪽 가녀린 물이 저쪽 낯선 물줄기를 만나서
잠시 소란거리다가 곧 아무 일도 아니라고
도란도란 칠백 리 낙동강으로 어우러지는
참으로 넉넉한 품새나 담아 보내니
그저,
고개나 *끄덕끄덕 끄덕*여다오
굳이 무슨 말 따위는 하지 않으리니,

다시 망해사

물끄러미,
바다나 바라보자고 찾아간 망해사
하늘하늘 살사리꽃 같은 비구니는
낙서전 앞 그늘 푸른 팽나무를
할배나무라고 불렀다
사백 년 넘게 다독다독
거친 날들을 품었기 때문이다

기차를 타고 돌아오면서 나는
맑은 노을 가득 걸린 차창에
진드근히,
라고 천천히 손가락 글씨를 썼다

불편함의 힘

아주 오래전 이야기인데
정규 모임이 끝나고도 끈질기게 남은
몇몇의 시간은 질질질 흘러
마침내 한밤이 되고야 말았는데
가난뱅이 보일러공 시인은
한사코 택시비를 받지 않았습니다
걱정하지 말고 먼저 가라고
기다렸다가 첫 버스를 타면 된다고
편리함에 몸을 맡기면 끝장이라고
단 한 번의 손짓으로 몸을 돌렸습니다
가끔 일이 있어 한밤을 걸을 때면
문득 그때 그 모습이 떠오릅니다
나는 그런 모습을 가슴에 안고
걷고 또 걸어서 여기까지 온 것입니다
나도 모르게 불편함의 힘을
온몸으로 맞이하게 된 것입니다
참으로 고맙게도 말입니다.

태연하게

내가 떠나도
떠나는 데 익숙해진 기차는
여전히 빠르게 달려갈 것이고
해 질 녘의 좁은 골목길은
갓 구운 빵 냄새가 넘쳐날 것이고
유별나게 값싼 고깃집은
흐트러진 신발들로 가득 찰 것이다
지난해 국화차로 미리 가을을 느낀 너는
오늘 아침 수수와 화려 사이 잠깐 망설임을
아주 잠깐 떠올릴 것이고
희미하게 떠오른 달빛 아래
하루는 또 아무 일도 없이 차분하게
조용하게 문을 닫을 것이다.

빙벽에서 떨어진 그가 생을 놓은 지 사흘 만에
내가 태연하게 아침을 맞이한 것처럼,

갈목비

갈꽃이 피기 전 아버지는
갈목을 한 아름 베어 오셨지
여물 가마솥 끓는 소금물
잠시 뜨겁게 데쳐진 갈목은
처마 귀퉁이 그늘에 매달려
은근슬쩍 바람과 내통해
온몸 실팍하게 영글어갔지
그 갈목 하나하나
아버지 거친 손을 거쳐
가지런히 마음 모은 갈목비 되었지

갈대 살랑거리는
대전천 따라 출근하는 길
안으로 안으로 팍팍한 삶 쓸어 담던
늙은 아버지의 갈목비가 나는 그립네

대롱대롱 그때

함석지붕에서 미끄러진 늙은 호박이
마른 꼭지에 간신히 매달려 있던 그때

우마차 끌고 장에 가신 아버지가
초승달에 기대어 터벅터벅 돌아오던 그때

저녁 밥상에서 날아오른 푸성귀들이
마당 빨랫줄에 천연덕스럽게 걸리던 그때

삼십 촉 전등 아래 구판장 외상 장부가
축 늘어진 고무줄에 매달려 있던 그때

대롱대롱
그때

감나무 거미줄 아침이슬에
자꾸만 눈이 가던 그때,

삼혹호

고려 시대 이규보 선생은
시와 거문고와 술을 미치도록 좋아하여
스스로 시금주삼혹호선생이라 불렀다는데
서정이 이렇다 서사가 저렇다
골방에서 어지럽게 시를 쓰다가
답답한 가슴으로 산에 들어
아무 생각 없이 능선을 오르내린 뒤
가만 뒷골목 허름한 술청을 찾아
쓸데없이 복잡한 시에 대한 생각과
온종일의 걸음으로 노곤한 다리를
막걸릿잔에 풀어 단번에 들이켜고
오늘도 시와 산과 술과 함께한 날이니
얼추 시산주삼혹호라 해도 되겠다고
하릴없이 혼자 주절대는 것이니
어쩌다 만나면 너무 나무라지 말고
그냥 술이나 좀 거들어주시기를
이따금 한 잔 가득 채워주시기를

동백

겨울 갈맷길을 걷다가
바닷바람에 몸을 뒤척이면서도
애써 꽃눈 밀어 올리는
맑은 동백을 만나면
당신이 오래오래
나를 기다린 것으로 알겠습니다.

제2부

비 오는 아침

저들도 가끔은
느긋하게 아침잠을 즐기고 싶을 것이다
무거운 책가방에 힘들어하는
아이의 등을 토닥여주고 싶을 것이다
마주 앉아 도란도란 살가운 하루를
아내와 기꺼이 나누고 싶을 것이다
그렇다 저들도 어쩌다 한 번은
아파트 창가에 물끄러미 서서
아무런 근심도 불안도 없는
맑은 빗소리를 찻잔에 담고 싶을 것이다

가랑비 차가운 인력소개소 처마 밑
일 없어 힘없는 담배 연기가
쉽게 빠져나가지 못하고
자꾸만 발밑에 서성거린다
그렇다 저도
딱히 갈 곳이 없는 것이다.

지리산 길섶

지리산 길섶은 길의 가장자리가 아니다
낯선 너와 내가 만나서
따뜻한 눈길의 우리가 되는
남원 땅 갤러리 지리산 길섶은
고르지 못한 숨을 다독여주는
주름진 어머니의 오래된 손길이다
헛기침만으로도 든든한 아버지다
천왕봉과 제석봉이 새벽부터 마실 오고
반야봉과 뱀사골이 저물도록 놀다 가는
사진작가 강병규가 한 삶을 내려놓고
지리산을 가득 들여놓은 갤러리 길섶은
오랜 방랑에서 지쳐 돌아와
곱게 잠들어 있는 바람이다
그 바람 깨우지 않으려고
구절초 꽃잎에 가만 내려앉는 햇살이다
나만의 나를 버리고
너만의 너도 슬며시 접어두게 하는 지리산 길섶은
수줍게 고개 든 여린 봄이다

넌지시 손 내밀어 더는 춥지 않은 겨울이다
아니다 지리산 길섶은
딱 잘라 한마디로 말할 수 있는
그런 곳이 아니다
떠나간 발길 되돌리게 하고
찾아온 발길 오래오래 머물게 하는
그 모든 것이다 지리산 길섶은,

두부탕

차갑게 얼어붙은 고물 조각들
툭툭 털어 싣고
땀에 절어 미끄러운 목장갑 힘껏
언덕을 넘어와서
숨가쁜 손수레 후닥닥 비우고
하치장 구석에 몇몇
아무렇게나 둘러앉아
소주잔을 홀짝이는 멀건 두부탕
소금꽃 허옇게 핀 겨울 한복판

약력

한때는 능숙한 선반공이었다가 철제 빔을 세우던 철근공
이었다가 또 한때는 그냥 세월을 놓고 지내던 술꾼이었다가
어디 한 곳 머물 곳 없는 떠돌이였다가 지금은 그저 닥치는
대로 여기저기 기웃거려 밥이나 먹고 산다는 그를 잘 안다
고 할 수는 없지만 분명한 것은 그가 김제평야만큼 넓은 사
람이라는 것이다 이곳저곳 감싸며 느리게 흘러가는 만경강
처럼 부드러운 사람이라는 것이다 내 안에 담겨 있는 그 간
단한 약력만으로 그와의 술자리는 늘 느리고 길다 이것이
내가 요즘 행복해하는 이유이다.

함백 친구

밤마다 꿈마다 떠다니는
네 안부 꼬옥 쥐고
영월 지나 예미 지나 함백에 간다
낮은 함석지붕들 사이

철거된 광부들 공동주택 자리
까만색이 자꾸만 먼저 떠오르는
쓸쓸한 깊이에 매몰된
낮은 어깨와 눈빛들 사이

일찍 문 닫은 꽃집과
바람에 휘청거리는 입간판을 등지고
신축 건물의 사십 미터 철 구조물 아래 서서
그보다 더 단단하다고 웃고 있는 너에게

그래, 그래, 정성껏 웃음을 모아주고
영월 지나 제천 지나 돌아오면서도
꼬옥 쥔 손 끝내 풀지 못하고
차창 밖은 여전히 함백에 간다

자장자장

당신처럼 속 깊게 가을이 익어가는 밤
호남선 끝자락 몽탄역에서
'시 하나 노래 하나'의 노래를 듣는데
자작나무 가사가 자꾸만 자장나무로 들려와서
별빛 맑은 간이역의 가을밤도 좋고
자작자작 철길 따라 흘러가는 노래도 좋지만
나는 어느새 당신 가슴속으로
자장자장 스며들고 있었으니
티 없이 살가운 웃음으로
마냥 부드럽게 스며들고 있었으니
당신 품에서 자장자장 잠들어
좀처럼 깨어나고 싶지 않은 마음이었으니
자작나무 노래도 맑은 별빛도
불빛을 깜박이며 지나가는 기차 소리도 온통
자장자장 나를 재우는
참으로 따뜻한 당신의 손길이었습니다.

우리 동네 식물원

굽은 골목길 돌아
다닥다닥 낮고 오래된 지붕들 사이로
달뜬 능소화 웃음 따라 들어가면
손바닥처럼 좁은 뜰 가득
석류 앵두 대추나무 하늘 받들고
아직 어린 남천과 홍매화 유자나무가
늘 푸른 세상을 꿈꾸며
사랑초 앵초 조개풀 백합이 서로
사랑스러워라 볼을 비비는
함지박 수련과 옥잠화도 온종일 소곤대는
대전시 동구 힘찬4길 20
우리 동네 작은 식물원 있다

그늘마저 환한 그 고요의 세상으로
내가 사랑하는 모든 그대를
아니 사랑하지 않는 당신들까지도
가만,
가만,
모시고 싶다

아픈 사람

　나 비록 집에서 멀리 떠나와 여기 한적한 비토섬 하봉마을 한 민박집 사랑방에 몸을 부리고 별 차도 없는 요양 생활 기약도 없이 흘러가지만 배시시 물들어가는 단감 같은 달빛도 스며들고 자갈밭에 구르는 파도 소리 등에 업고 바람도 찾아들며 한결같이 잔잔한 아내의 미소가 나날을 감싸주고 있어 한순간이나마 눈살 찌푸리며 고개 저어댈 수 없어요.

왕년

가랑눈 어설프게 흩날리는 날
밤늦은 변두리 포장마차에서
나도 왕년에는 말이야,
탁자를 탁 내리치는 당신을 보면서
에이 뻥치지 마슈,
대뜸 한마디 척 올려붙이려다
분위기 파악도 못 하고 맥없이 흘러나오는
저, 저, 누런 콧물 때문에
그냥 고개를 두어 번 주억거려주고
아따 술이나 한잔 더 하슈,
빈 잔을 내밀었는데
그런 남의 속도 모르고
됐어, 벌떡 일어나 비틀비틀
외등 아래 그림자 무겁게 끌면서
지린내 전봇대 돌아가는 당신이
좀 서운하기는 하지만
오늘 밤은 이것저것 다 그만두고
함박눈이나 오달지게 내렸으면 좋겠는데,

그럼 당신의 구슬픈 왕년도 눈 속에 묻혀

조금은 멀리 흘러갈 것 같은데,

폐지 줍는 노인

삶의 터전이었던 굽은 골목을
고스란히 허리에 담고 있는 저 노인

폐지 가득 낡은 유모차에 기대어
오래 숨을 고르고 있는 저 노인

수없이 막다른 골목에 이르러
지금도 저렇게 멈추어 있는 것일까

팔십 년의 지난한 세월을
쉽게 빠져나오지 못하고 있다

담배 피우는 여자

아침 출근길에 만나는 여자, 오십이 훨씬 넘어 보이는 여자, 지난밤도 편치 않았던 것일까, 아파트 모서리 중국단풍 아래에서 연방 담배를 피워대는 여자, 채 달아나지 못한 연기 꼬리에 또 연기를 더하는 여자, 숨 가쁘게 살아온 날들을 모두 내려놓겠다는 듯 연방 연기를 토해놓는 여자, 처음 볼 때는 거북했으나 날이 지나면서 연민으로 다가온 여자, 어쩌다 보이지 않는 날이면, 웬일일까, 조금 걱정도 되는 여자, 걱정과 함께 담배 연기가 그 여자의 거친 날들을 모두 거두어 갔으면 좋겠다고 생각하게 하는 여자, 아무것도 모르지만 마치 오래된 관심처럼, 이제는 중국단풍만 봐도 떠오르는 그 여자.

마음은 바쁘다

낮에는 일터에서 밤에는 술집에서
잽싸게 발 움직이고 연신 술잔 들면서
일에 몸 부리고 사람에 정 쏟으며
늘 바쁜 그가 가져온 상추와 부추
언제 가꾸었을까
봄날 깊이 지나 여름 여물면
풋고추도 거두고 강냉이도 따야 한다며
나도 참 바쁜 놈이여 웃는 그를 따라
올여름은 내 마음도 참 바빠지겠다
여기저기 눈길 틈틈 그에게 가는 내 마음
덕분에 그 마음도 여름처럼 무성해지겠다

맑은 대구탕

모처럼 오붓하게 떠난 여행
포항 영일대해수욕장 근처에서
아내와 좀 늦은 아침 식사를 위해
맑은 대구탕을 청하고 기다리는데
한바탕 단체 손님 남기고 간 소란이
아직도 빈 그릇 달그락거리고 있는데
주름진 식당 주인 어르신 부부
가만가만 걸으며 나긋나긋 웃으며
대구탕 냄비 가득
선하고 맑은 마음 담아주셨다

그 마음에 나도 한껏 맑아져
탕이 짜다는 말은 끝내 하지 않았다

항동 기찻길

젊은 아낙이 아이의 손을 잡고
하나 둘 침목을 세며 걸어가는 길
녹슨 레일에 손을 얹고 수줍게 피어난 메꽃이
이제나저제나 기차를 기다리는 길
그 오랜 기다림을 알면서도
고운 웃음 흐트러질까 봐 살며시 다가오는
하루 한 번 짐 가벼운 화물열차의 길
기차가 지나고 나면
긴 아쉬움에 망초도 상수리나무도 옥수숫대도
일제히 레일 쪽으로 길게 목을 빼는 길
걸음 느린 화물열차도 그 아쉬움을 안다는 듯
가끔씩 덜컹, 덜컹거리는 길
이제 곧 정들었던 한때만 남겨놓고
기적 소리처럼 멀리 사라져 가겠지만
그 깊은 평온함은 마음에 남아
오류동에서 부천까지 길게 어우러질
참으로 순한 우리들의 길
항동 기찻길

말씀

애야, 그렇게 하고 싶지는 않구나
금강산이 좋다고들 하지만 고향도 아닌데
하루 이틀 관광길 남들 따라가서
눈물 몇 방울 찔끔거리기는 싫구나
사람의 마을에서 말 한마디 붙여보지 못하고
아픔도 설렘도 끝내 풀어내지 못하고
산길 밀려갔다 바닷길 흘러나오는
그런 부질없는 짓은 하고 싶지 않구나
성치 않은 몸 그렇게 부리기는 싫구나

애야, 내가 가고 싶은 곳은 황해도 연백
늘 그리운 사람들이 옹기종기 모여 사는 곳
거기서 오랜 눈물 펑펑 쏟아내고 싶구나
이제 다시는 헤어지지 말자고
아는 사람 모르는 사람 죄 붙들고
오래오래 두 손 부여잡고 싶구나
연백평야 들길을 천천히 걸으면서
한숨도 고통도 풀풀 풀어놓고 싶구나
그렇게 불면의 한 세월 내려놓고 싶구나

한겨레호 열차

새로운 기차 이름은 한겨레가 좋겠다
남북을 넘어 시베리아 벌판을 달릴 그 열차에
일제 치하 감옥섬 하시마 탄광으로 징용되어
중노동과 매질과 영양실조로 생을 마친
이름도 알 수 없는 수많은 그분들이 타고
지리산에서 덕유산에서 운장산에서
총 맞아 죽고 얼어 죽고 굶어 죽고 병들어 죽은
냉전 시대의 아픔인 빨치산도 타고
더불어 고통과 불안의 나날을 보내며
낮에는 대한민국이요 밤에는 인민공화국이었다가
집단으로 학살당한 거창과 산청 주민도 타고
그 열차가 이윽고 아득한 북쪽에 이르면
멀리 길림성과 요령성과 흑룡강성에서
수탈과 멸시와 울분의 눈물을 흩뿌리며 달려온
말라깽이 농부와 독립투사의 후손들이 타고
탄압과 억압으로 어디인지도 모르고 이주된
카자흐스탄과 우즈베키스탄의 고려 사람들도
모국에서 오는 열차라며 설렘 가득 안고 타서

마침내 이념과 국경과 신분과 세월을 초월하여
하나가 되었으니 우선 만세 삼창을 하고
처음부터 하나였으니 이제 영원히 하나로 살자고
우리는 한겨레라고 힘껏 손잡을 수 있도록
새로운 기차 이름은 한겨레로 하면 좋겠다.

제3부

물끄러미

차창 밖으로 비오는 모습을
물끄러미 바라봅니다

아무런 생각을 하지 않았는데도
그대 얼굴이 차창에 떠오릅니다

나는 또 그대 얼굴을
물끄러미 바라봅니다

입가에 미소가 번지는
참 좋은 물끄러미입니다

구절초꽃

꿈결에

사뿐사뿐 발걸음도 가볍게

당신이 다녀간 아침

세상에나

내 마음 작은 텃밭에

구절초꽃이 만 개나 피어났습니다.

별

참사람답게 시를 쓰는
대천 안학수 형 문상을 하고
밤늦게 청양 지나는 길
하늘에 맑은 별이 많았다
선한 사람들이 많은 동네에는
맑은 별도 많다고 들었는데
청양이 그런 동네인지
안학수 형이 하늘 높이
오래 간직한 맑은 눈물을 뿌렸는지
그 밤 알 수는 없었지만
중요한 것은
참 고맙게도 그 별들
지금 내 마음에 있다는 것이다
간혹 빗속에서 더 곱게 뜬다는 것이다

삼삼한 세상을 그리며

거창에게는 좀 미안하지만

나는 거창한 것을 썩 좋아하지 않는다

그래서 종종

탁자 몇 개의 작은 공간에서

김치전 따위를 직접 부쳐 먹고

계란 프라이도 마음껏 즐길 수 있는

선화동 우체국 옆 막걸릿집에 간다

실연당한 사람은 한 잔 마시라고

문밖에 소주병을 늘 내어놓고

프로야구 한화 이글스가 경기에 이기면

기분 좋게 막걸리 한 병도 공짜로 주는 집

그 많은 공짜에도 일 년을 잘 버텼으니

또 한 해를 잘 지내게 해달라는 소망을

나도 함께 빌어주고 싶은 그 집 사장은

제 이름의 숫자를 다 합해도

고작 삼밖에 안 되는 사람 이영일

그런 삼의 사람들이 모여

삼삼한 세상이 되었으면 좋겠다는 가슴으로

어느새 은자골탁배기가 넘어가고 있으니
아무래도 나는 거창에게 더 미안해져도
종종 김치전 따위나 부쳐 먹으면서
탁자 몇 개의 작은 공간에 앉아 있어야겠다.

흐린 어둠

당신 가슴에 밴 흐린 어둠을
조금씩 파먹으며 살았으면 좋겠다
그 흐린 어둠을 베개 삼아 누워
가만 눈감아 당신을 떠올렸으면 좋겠다
당신을 떠올리다 마침내 나른해지면
그만 달콤하게 잠이 들어도 좋겠다
그 잠 속으로 환하게 들어온 당신
나는 끝내 깨어나지 않아도 좋겠다

내 사랑 펑펑

눈이 온다고
가만 당신이 말하자
전화선을 타고 펑펑
눈이 오기 시작했습니다
굵은 눈덩이가 가슴에 밀려와서
스르르 녹아내렸습니다
눈물이 가득 고였습니다
당신이 내게 온 듯
참 따스했습니다

빗방울 수만큼

겨울비 오는 아침
내리는 빗방울 수만큼 그대 생각하는 것,
아시죠?
라는 문자를 받았습니다.

그 뒤로 비만 내리면
한 그리움이 한 외로움에게 스며드는 소리
빗방울 수만큼 많은 그대들이 다가오는 소리
정겹게 들려옵니다.

당신에게도 그런 문자,
보내드릴까요?

그대를 위한 바다

속 뒤집어진다고 탓하지 마라
진드근히 견디지 못한다고 나무라지도 마라
평온에 잠겨 사라지는 삶은 버린 지 오래
가끔은 옴팡지게 뒤집고 흔들어야
신안 젓새우도 토실해지고
벌교 꼬막도 알차게 여물어지는 것
그러니 그대
판판함에 기대어 쉽게 눈감지 마라
맥없이 사그라지지도 마라
바다는
또 내일도 지친 그대를 위해
기꺼이 아픈 제 몸 뒤집을 것이니,

개펄

태안 조개부리 마을에 가서
종일 엎드려 있는 개펄을 보았다
처음에는 햇볕이 따가워서 그런 줄 알았다
밤새 거센 파도에 시달려
삭신 쑤셔서 그런 줄로도 알았다

그러나 그게 아니었다 개펄은
품고 있는 바지락이
아무 걱정 없이 자라라고
바다에서 돌아오는 소달구지 진흙길도
판판하게 단단하라고
닳고 닳은 무릎으로 함지박 밀고 가는
세상 모든 어머니의 허리가
더는 휘어지지 말라고
눈을 질끈 감고
가만 엎드려 있는 것이었다

그것을 알고 나자 비로소

유려한 곡선의 갯고랑

그 깊은 속살이 사랑스럽게 다가왔다

도장산 심원사

작은 기둥 위에 슬레이트 얹어놓고
도장산 심원사라 이름표 붙인 일주문이
꼬락서니 참 볼품없다 말하는 사람도 있지만
좁은 계곡 맑은 물로 한숨 호흡을 적시고
살림집 같은 대웅전 앞
정갈한 비질로 아침을 맞이했을 뜰에 서서
햇살 야금야금 깨물며 빛나고 있는 장독대와
가마솥 부뚜막 기둥에 몸을 걸어
한 세월 말없이 받아들이는 무청을 보면
참 넉넉하기도 하지,
이 작은 공간에 가득한 평온과 그윽함과
한없는 부드러움에 마음이 닿아
아무런 생각 없이 절로 고개 숙여지는데
툇마루 건너 미닫이문 반쯤 열어놓고
가만 바라보던 안방 부처는
어깨를 툭툭 쳐대며
공양이나 제대로 하고 가라 하십니다.

허허,

오랫동안 허기지지 않을 날들이 거기 있었습니다.

청산도 초분

파릇파릇 보리밭 가장자리에
지푸라기 몇 개 덮고 누워
온종일 꼼지락거리다가 돌아가는
고단한 어깨 가만 바라보다가
먼 길 솔가지에 걸쳐놓고
지상의 안부를 묻는 별들에게
별일 없어, 속삭여주고
아침이 올 때까지
제 속 뒤집는 파도의 몸부림도 다독이다가
늙은 아비가 이슬 적시며 올라오는
낮은 발자국 소리 돌 위에 깔고
비로소 잠자리에 드는
애절함만 말라 남은 시린 눈 하나

금오산 부처

하동 금오산 중턱, 남쪽 바다 아늑하게 내려다보이는, 구
멍 숭숭 석굴암에 잠시 세들어 사는, 이마 훤하게 불거진 부
처의 일과는, 어둑한 석굴에 누런 허울을 벗어놓고, 하얀 고
무신으로 이슬진 남새밭과 오래전 봉수대를 느릿느릿 오르
내리다가, 일 년 내내 마르지 않고 맛도 제각각이라는 석간
수로 속을 씻은 뒤, 지나는 등산객을 불러 모아 한바탕 국수
를 삶아 먹고, 낑낑거리는 강아지 소리를 베고 누웠다가, 세
상으로 내려가는 뒷덜미들을, 급할 것 하나 없다는 눈길로
가만 붙들어, 그 발걸음들이 석굴암 그늘 아래, 저물도록 머
물게 하는 것

문화동 주공아파트

양지바른 노점상 금지구역 푯말 아래에서
꼬박꼬박 여린 푸성귀들이 졸고 있던,
해 저무는 줄 모르는 아이들의 뜀박질 소리로
감나무 이파리 두근두근 피어오르던,
한밤을 북북 찢어대는 앙칼진 목소리에
또 한 판 붙는 게지 슬며시 돌아누웠다가
어느새 잠잠한 바깥이 궁금하여
창밖으로 고개를 쑥 내밀곤 하던,
기름값이 공격한다 내복입어 방어하자
담벼락 헐렁한 현수막 밑에서
가끔씩 어깨를 움츠리기도 하던,
움츠린 어깨가 더욱 저리기도 하던,
그래도 어김없이 명자꽃 붉게
찔레꽃 하얗게 새하얗게 피어나
개나리처럼 톡톡 튀면서 밖으로
발걸음도 가볍게 밖으로 향하던,
그리하여 가끔씩 찾아가 기웃기웃
가벼운 웃음 풀풀 날리기도 하는,

여경암(餘慶庵)
— 조용한 말씀

오래된 이 절집도 좋고
세상 가득 꽃피울 배롱나무도 좋은데
부처님은 제발 찍지 마세요
오랜 세월 나다니다 돌아오신 지
이제 겨우 몇십 년인데
지금은 그냥 쉬셨으면 좋겠네요
부처님 담아 가시면 내 마음도 아프겠지만
티끌세상 돌아오시는 길 얼마나 힘들겠어요
사람들 속에서 여기 기웃 저기 갸웃
쉽게 돌아오시지 못할 거예요
그게 부처님 마음인 줄 잘 아시잖아요
그러니 발길 그냥 돌려 가세요
정 서운하면 마음이나 한 쪽 떼어놓고 가세요
아침마다 염불 공양 잘 올려드릴게요
우리 부처님도 간혹
넉넉한 웃음 한 자락씩 던져주실 거예요

묵호 등대

다시 묵호에 가면
묵호 등대에 등을 대고
불빛을 따라 밤바다에 나서보리라
그 바닷길 따라
누구도 걱정 없는 내일이 오고
내가 사랑하는 그대가 오고
우리가 마음 놓고 끌어안을 수 있는
참세상이 마침내 올 것이라 믿으며
밤새 철썩거리는 푸른 파도에
순결한 달빛 한 줌도 뿌려보리라
정작 자신은 비추지 못하지만
아득히 먼 누군가를 위해
십 초에 한 번씩 반짝이는 당신
이 얼마나 넉넉한 품새인가
간혹 묵호 등대를 올려다보면서
아무리 먹물 같은 세상이어도
사실은 절망과 희망 사이가
그리 멀지 않다는 것을

다시,

밤이 새도록 느껴보리라

요선암(邀仙岩)

참으로 오랜 세월 회오리 물살에 살을 발리고 소용돌이 자갈에 뼈를 깎이어 마침내 부드러운 곡선으로 잔잔하게 앉아있는 영월 주천강의 요선암 돌개구멍

함부로 갈겨대는 입도 모질게 후려치는 손도 결국은 자근자근 삭아 내 삶에 속 깊은 항아리로 자리할 것을 믿는다 나는

제4부

기꺼이 나는

나는 이제
세상 어느 꽃보다 먼저 피어
그대 눈동자 환하게 밝혀주겠네
티 없는 마음 정갈하게 펼쳐
늘 아늑한 그늘이 되고
봄볕보다 따스한 손을 내밀어
움츠리지 않게 감싸주겠네
가장 낮은 곳에서부터
아득히 먼 저 높은 곳까지
그대 있는 어디라도 함께하며
그대의 소중한 오늘이 되고
참으로 아름다운 내일이 되겠네
그대의 행복한 하루가 되고
언제나 설레는 꿈이 되겠네
사랑이여,
지금부터 영원까지
기꺼이 나는,

스며들었다

햇살이 풋대추에 토실하게 스며들 듯
바람이 대숲으로 가뿐하게 스며들 듯
달빛이 골목길에 은근하게 스며들 듯

당신도 내 마음에 그렇게 스며들었다

꼬치 아파

혀 짧은 발음의 그는
가끔 미간을 찡그리며
아후 꼬치 아파, 하는데
대체
골치가 아픈 것일까
꼬치가 아픈 것일까

오늘 아침
장대비에 맥을 놓은 백일홍을 보며 또
아후 꼬치 아파, 하는데
백일홍은 골치도 없고 꼬치도 없으니
분명
꽃이 아픈 게 맞으렷다.

봄날의 그늘

봄날 의림지 맑은 물빛을 담아
연둣빛 웃음 초롱초롱 피워 올린
늙은 느티나무가 하도 고와서
사진 한 장 찍으려고 기다리는데
노부모와 함께한 식구 몇 명
붙박이 의자처럼 움직이지 않는다
떠날 기미조차 좀체 보여주지 않는다
서성이다가 망설이다가
그 모습 그대로 찍고 보니
말소리 낮은 사람들 사이
물결 쓰다듬는 바람결 사이
살짝 손 내민 이파리들 사이
평온의 그늘이 온전하게 담겨 있다
봄날의 여린 그 그늘 흐트러질까 봐
내 발걸음도 스르르 늦추어졌다

아주 사소한 생각

내게는 발라내야 하는
가시일 뿐인 이것이
네게는 삶을 지탱하는
든든한 뼈였다는 것을,

내게는 뱉어내야 하는
씨에 불과한 이것이
네게는 내일을 여는
밝은 문이었다는 것을,

살얼음이 살짝

무심코 밟으려다
순간 건너뛰고 돌아보니
늦잠에서 깨어난 살얼음이
살짝 웃고 있다.

저 수줍은 웃음으로 이 겨울
내 메마른 추위도 살짝
가실 것 같다.

2월

더 내놓을 것 없는 팽나무의
마른 뺨을 호되게 올려붙이고
여린 가슴 살얼음도
바싹 얼어붙게 하면서
외딴집 창문을 덜덜 떨게 했던 것이
제 딴에도 참 미안했던 것이지
바람 없는 건물 모서리에 웅크린 채
겨우내 눈만 끔벅이다가
둘둘 싸매고 있던 찌든 날들 벗어놓고
양지바른 잔디밭에 누워 있는 몇몇에게
순하디순한 햇살 펼쳐
가만가만 어루만지는 손길

나도 이제
가난한 네 이름을 불러야겠다

동백 아가씨

천구백육십사 년 겨울에 태어난
동백 아가씨는
헤아릴 수 없이 수많은 백열등의 밤을
깜빡거리면서 부릅뜨면서 지새운
눈물의 동백 아가씨는
빨갛게 시작하여 시꺼멓게
시들, 시들어가는 가슴 움켜쥐고
지긋, 지긋한 가난을 끈질기게 버텨낸
날품팔이 동백 아가씨는
어디 한 곳 기댈 데 없고
언제 나아진다는 기약도 없지만
그래도, 그래도를 되뇌며 용케도 참아낸
시골뜨기 동백 아가씨는
세월이 흘러 이제 눈물 좀 줄었을까
가슴 깊은 멍은 좀 나아졌을까

내세울 것 하나 없는 소도시 뒷동산
어슬렁거리는 뿌연 봄의 휴일 오후

색깔 희미해진 동백꽃 하나

맥없이 툭 떨어지는데,

별난집

대전역 앞 별난집
두부두루치기와 막걸리 빼놓고는
별난 것 하나 없는 집
낡은 벽 곳곳에
메마른 허기와 피곤과
찐득찐득 땀 냄새와
흐물흐물 흐느낌과 풀죽음과
막된 울분과 핏발 선 눈망울과
한껏 차오른 서러움이
가득 배어 있는 집
그런데도 자꾸만
내 발길을 잡아끄는 집
참 별난 집

빈집

사람이 나간 문을 죄 열어놓고
오갈 데 없는 봄바람이나 불러들이는 집
이미 내려앉은 툇마루 따라
처덕처덕 바른 벽은 흙으로 돌아가게 하고
힘에 겨운 서까래도 그만 쉬게 하려고
바싹 마른 무릎 관절 그대로 내어놓고
나른한 햇살에 몸을 말리는 집
마음 접는 그 집 쓸쓸하지 않게
애써 여린 몸을 푸르게 흔드는 마늘잎들

우수 무렵

제천 두학의 순두부집 방 벽에 빼곡하게 매달려 있는 홍
보용 달력들, 새마을금고, 요식업 중앙회, 자동차 판매점,
설계사무소, 철강회사 달력은 모두 2월인데, 건축인테리어
달력만 1월에 머물러 있다. 팔천 원짜리 순두부 사 먹을 돈
이 없어 못 온 것은 아니겠지, 올겨울은 그리 춥지도 않았으
니 길이 얼어붙어 못 온 것도 아니겠지, 바빠서 달력 넘기러
올 틈이 없었겠지, 물끄러미 바라보다가, 그래도 햇살 따스
한 3월은 함께 맞이하면 좋겠다 눈길을 좀 더 건네고 있는
데, 같이 온 동료들, 순두부가 따끈하니 참 맛있네그려, 봄
마당 깔아놓고 후루룩후루룩 잘도 먹는다.

양원역

자동차 길이 없어 버스도 다니지 않는 경상북도 봉화군 양원 마을의 유일한 출입로는 영동선 기차뿐인데, 사람 몇 안 되는 작은 마을이어서 기차가 서지 않았습니다. 사람들은 분천이나 승부까지 산 넘어 나갔다가 물 건너 돌아와야만 했습니다. 읍내 장에서 돌아오는 짐은 창밖으로 미리 던져졌고 다음 역에서 내려 시오리 길을 돌아온 헐렁한 손에 들려 집으로 갔습니다. 철다리와 굴 몇 개를 지나 돌아오는 길은 터벅터벅 하염없이 먼 길, 마을 사람들은 철길 옆에 작은 집 하나를 지어 '양원역 대합실'이라는 명패를 붙여놓고 기차를 세워달라고 청했습니다. 그리고 마침내 기차가 섰습니다. 한국철도공사에 역이라는 공식 기록은 없지만 그렇게 기차는 빠르게 달려가는 세월을 잠시 내려놓고 느린 사람 몇을 태웠습니다.

도라지꽃 희미한 2005년 가을 저녁의 양원역, 기차에서 보따리를 이고 느릿느릿 내리는 할머니 한 분의 모습을 평생 지우지 않기로 했습니다.

경배

안성 칠현산 참나무 숲길
그 단풍 고운 것 미리 알고
노란 듯 불그레한 웃음 한 자락
풋풋한 벌레께서 떼어 가셨다.

누가 감히
벌레 같은 놈이라고 욕을 하는가
사각사각 길게 숨죽이는
그 은밀한 사랑도 알지 못하면서,

양지꽃

작은 몸이라고 그냥 지나치면
스스로 고개를 돌릴 듯하여
양지꽃 양지꽃 소리 내어 불러보네

양지바른 곳에 피어서 양지꽃
샛노란 맑음 가득해서 양지꽃

산길 내려오면서 자꾸
양지꽃 양지꽃 부르다 보니
세상이 온통 양지가 된 듯하네

온몸으로 봄을 밝히는 양지꽃
내 마음에 고이 모시고 싶은 양지꽃

환한 잠

손가락뼈에 오래 달라붙어 있던
몹쓸 석회를 갉아낸 후
거친 통증으로 잠 못 이루는 당신과 함께
긴 밤 뒤척인 다음날
잠깐 오수에 들었다가
흥겹게 손뼉 치는 당신을 만났습니다
꿈이면 어떻습니까
내 눈이 참 환하게도 열렸습니다

늦겨울 소망

그러니까 이 겨울이 가기 전 내 소망은
강원도 영월 주천 판운리에 가서
청솔가지 촘촘하게 엮은 섶다리 건너
평창강 낮은 물소리 가만가만 건너
허리 숙여야 들어갈 수 있는
나지막한 나무집 섶다방에 드는 것이다
거기에서 당신과 아무 말 없이 빙긋
따스한 대추차 한 잔 마시는 것이다
그러면서 한결 편안해진 당신의 옆얼굴을
좀 더 오래 바라보는 것이다
그렇게 우리에게도 봄이 오고 있음을
느긋하게 들여다보는 것이다

느린 걸음으로 그리는 환대의 시학

오홍진

1.

　윤임수는 첫 시집인『상처의 집』에서 "세월에 덧나고 금 간/상처와 상처가 서로 붙들고/쓰러질 듯 쓰러질 듯 쓰러지지 않는/그 오래된 끈기를"(「상처의 집」) 노래했다. 상처와 상처가 서로 붙드는 삶은 두 번째 시집인『절반의 길』에서는 "내 시에도 사람들이 가득했으면 좋겠다."(「사람」)라는 아름다운 문장으로 거듭 표현된다. 그의 시에 등장하는 '사람들'은 상처 입은 몸으로도 제 삶을 따뜻하게 만들려고 한다. 쓰러질 듯 쓰러지지 않는 "오래된 끈기"는 아픈 세상을 온몸으로 끌어안으려는 따뜻한 마음에서 비롯된다. 세 번째 시집인『꼬치 아파』에서도 이러한 시적 기조는 그대로 유지되고 있다. 이 시집에서 시인은 지나간 시절을 빛낸 사람들을 하나하나 시 세계로 불러낸다. 빛나는 시절은 상처 입은 시절과 다르지 않다. 상처 입은 몸으로 그들은 빛나는 시절을 일궈냈다. 윤

97

임수의 시가 지나간 시절의 아름다움을 지금 이 시대로 불러내는
이유라고 하겠다.

> 그 역 앞 미원집을 나는 사랑했네
> 울컥, 막된 소리를 높이다가
> 바닥에 막걸릿잔을 털어내는 게 고작이었지만
> 진정 아름다움을 원했고
> 아름다운 것들은 왜 그리도 멀리 있는지
> 새벽 찬바람을 붙들고 가슴 아파했네
>
> 그 역 앞 미원집 이제 사라지고
> 뚝딱, 근사한 건물 하나 들어섰네
> 그러나 나는 아직 그 미원집 잊지 못하고
> 마음에 근사한 건물도 짓지 못하네
> 나는 진정 아름다움을 원하고
> 아름다운 것들은 아직도 멀리 있기 때문이네
>
> ─「미원집」 전문

　시인은 "그 역 앞 미원집"을 기억 속에서 이끌어내고 있다. 이제
는 사라지고 없는 미원집을 시인은 여전히 사랑한다. 술 한 잔 들
어가면 울컥 막된 소리를 내지르고, 바닥에 막걸릿잔을 털어내는
게 고작이었지만, 그곳에서 시인은 진정한 아름다움에 이르는 길
을 꿈꾸고 또 꿈꾸었다. 꿈은 더불어 꾸는 것이다. 미원집에서 시
인은 그 시절을 함께 보낸 이들이 꿈꾸는 세상의 아름다움에 공감
했다. 허름한 선술집에서 피어난 아름다운 꿈은 그러나 "아름다운
것들은 왜 그리도 멀리 있는지"라는 시구에 나타나는 대로, 언제나

저 멀리서 반짝일 뿐이었다. 어느 시인의 말마따나, 그들이 비명처럼 내지르는 노랫소리는 하늘로 올라가서는 별똥별이 되어 지상으로 떨어져 내렸다. 새벽 찬 바람이 텅 빈 가슴을 휩쓸고 지나가도 아름다움에 이르지 못하는 슬픔은 더욱더 불타올랐다.

미원집이 있던 그 자리에는 어느덧 근사한 건물 하나가 뚝딱 세워졌다. 허름한 선술집이 근사한 건물로 바뀌었지만, 시인의 마음에는 아직도 그 시절의 허름한 선술집이 그리움인 듯 새겨져 있다. 그리움을 내버리고 마음속에 근사한 건물 한 채를 지으려고 해도 도무지 그럴 수가 없다. 그리운 그 집은 이미 시인의 가슴 깊이 터를 잡고 들어앉았기 때문이다. 시간이 흘렀는데도 시인은 왜 미원집을 잊지 못하는 것일까? "나는 진정 아름다움을 원하고"라는 구절에 그 해답이 나와 있다. 근사한 건물은 겉으로만 보기가 좋을 뿐이다. 그 속에는 더불어 사는 이들의 마음이 들어가 있지 않다. 시인은 뜻이 맞는 사람들과 허름한 선술집에서 막걸릿잔을 기울이던 시절을 아직도 가슴에 품고 있다.

윤임수가 그리는 시학이 이 시에는 잘 드러나 있다. 그는 그 시절을 함께 보낸 사람들을 마음 깊이 새기고 있다. 시간 저편으로 사라진 기억을 떠올림으로써 시인은 근사한 것들에 내밀려 자리를 잃은 허름한 것들을 보듬어 안으려고 한다. 「나는」이라는 시를 참조하면, 그것은 "세상의 모든 야윈/그러나 눈빛 고운 그대들을 보듬는/상처의 집 한 채이고 싶고/그 집의 오래된 주인이고 싶"은 마음과 이어져 있다. '상처의 집'은 윤임수의 첫 시집 제목이기도 한데, 그의 시에서 상처는 늘 더불어 보듬어야 할 아픔으로 표현된다. 늙은 가장의 손에 들린 호떡 한 봉지가 상처의 집이 될 수 있고, 찰랑찰랑 소주 한 잔이 또한 상처의 집이 될 수 있다. 상처 입은 존재를 온몸으로 끌어안는 거룩한 힘은 아주 작고 허름한 사물에서 아름다움을 보는 시안(詩眼)과 연동되어 있는 셈이다.

> 아주 오래전 이야기인데
> 정규 모임이 끝나고도 끈질기게 남은
> 몇몇의 시간은 질질질 흘러
> 마침내 한밤이 되고야 말았는데
> 가난뱅이 보일러공 시인은
> 한사코 택시비를 받지 않았습니다
> 걱정하지 말고 먼저 가라고
> 기다렸다가 첫 버스를 타면 된다고
> 편리함에 몸을 맡기면 끝장이라고
> 단 한 번의 손짓으로 몸을 돌렸습니다
> 가끔 일이 있어 한밤을 걸을 때면
> 문득 그때 그 모습이 떠오릅니다
> 나는 그런 모습을 가슴에 안고
> 걷고 또 걸어서 여기까지 온 것입니다
> 나도 모르게 불편함의 힘을
> 온몸으로 맞이하게 된 것입니다
> 참으로 고맙게도 말입니다.
>
> ─「불편함의 힘」 전문

위 시에서도 시인은 지난 시대의 아주 오래된 이야기를 떠올리고 있다. 아주 오래된 이야기에는 작고 허름한 존재가 뿜어내는 진정한 아름다움이 담겨 있다. 정규 모임에서 만난 "가난뱅이 보일러공 시인"은 택시비를 내미는 사람들의 성의를 한사코 거부했다. 버스는 이미 끊긴 지 오래다. 서둘러 택시를 잡으려는 다른 사람들과 달리 가난뱅이 시인은 첫 버스를 기다렸다가 타고 갈 것이라고 말한다. "편리함에 몸을 맡기면 끝장"이라는 게 그 이유이다. 택시비를 내미는 사람들에게서 그는 "단 한 번의 손짓으로 몸을 돌렸"다. 시 제목이 보여주는 대로, 가난뱅이 시인은 기꺼이 불편함을 감수하고 있다. 편리함에 적응된 몸은 불편함을 견디지 못한다. 걸어도 될 거리를 차를 타고 움직이려고 한다. 지금 문명을 향유하는 사람들이 그렇다.

속도에 물든 사람들은 주변을 둘러보지 않는다. 주변에 있는 사물들은 그저 스쳐 지나가는 대상으로 비칠 뿐이다. 그 결과로 사람들은 예전보다 빠른 시간에 목적지에 도달할 수 있게 되었지만, 주변 사물들을 들여다보는 마음을 잃어버렸다. 차를 탄 채로 어떻게 주변을 둘러볼 수 있을까. 지금 우리가 사는 자본주의 사회는 속도에 취해 있다. 무한 경쟁에서 살아남으려면 남들보다 더 빨리 달려야 한다. 그래야 남들보다 먼저 문명이 제공하는 편리함을 마음껏 누릴 수 있다. 가난뱅이 시인은 무엇보다 이러한 편리함을 멀리하고 있다. 편리함에 몸을 맡기면 끝장이라는 그의 말을 우리는 어떻게 받아들여야 할까? 편리함은 습관과도 같은 것이다. 습관이 몸에 배면 우리는 짧은 거리도 차를 타고 가려고 한다. 스스로 몸을 움직이려고 하지 않는다는 말이다.

편리함을 추구하는 사람이 타인을 배려하는 마음을 내보일 리없다. 배려란 자신의 불편함을 감수하는 마음에서 뻗어 나오지 않던가. 문명이 발달할수록 사람들이 자기중심적으로 변하는 까

닭은 여기에 있다. 자기를 중심에 세운 사람은 결코 손해를 보려고 하지 않는다. 뜻이 맞는 이들과 더불어 새로운 세상을 만들려고 하기보다는 이미 익숙해진 생활을 어떻게든 지키려고 한다. 시인은 가끔 일이 있어 한밤을 걸을 때마다 한사코 택시비를 받지 않던 가난뱅이 시인을 떠올린다. 그 기억이 없었다면 시인은 "걷고 또 걸어서 여기까지" 올 수 없었을 것이다. 걷는 일이란 무엇보다 시간을 들여야 하는 일이 아닌가. 시간을 돈으로 대우하는 자본주의 사회에서 걷는 일만큼 소모적인 것이 어디에 있을까? 자본주의는 편한 길을 놔두고 에둘러서 길을 가지 않는다. 산이 막으면 산을 파괴하는 게 자본주의의 생리이다.

2.

윤임수는 '불편함의 힘'을 자본주의에 맞서는 길로 제시하고 있다. 편리함이 습관이듯, 불편함도 습관이라고 할 수 있다. 가난뱅이 시인에게 첫 버스를 기다리는 일은 아주 익숙한 일상이다. 남들 눈에는 불편해 보이는 일상에서 그는 정작 편안함을 느끼는 것이다. 다시 말하지만 편리함은 문명이 만들어냈다. 편리한 문명을 향유하려면 자본이 원하는 바대로 움직일 수밖에 없다. 자본의 목표는 증식에 있다. 모든 사람들이 가난뱅이 시인처럼 불편함을 감수한다면, 자본은 결코 증식이라는 목표에 도달할 수 없다. 이리 보면 시인이 말하는 불편함의 힘은 무엇보다 자본과 맞서는 상황에서 비롯된다고 볼 수 있다. 시인은 온몸으로 불편함의 힘을 실천한다. 몸을 움직이지 않고 어떻게 불편함의 힘을

실천할 수 있을까? 온몸으로 불편함의 힘을 맞이함으로써 우리는
지금과는 다른 세상을 열어젖힐 수 있는 것이다.

겨울 갈맷길을 걷다가
바닷바람에 몸을 뒤척이면서도
애써 꽃눈 밀어 올리는
맑은 동백을 만나면
당신이 오래오래
나를 기다린 것으로 알겠습니다.

― 「동백」 전문

한때는 능숙한 선반공이었다가 철제 빔을 세우던 철근공이
었다가 또 한때는 그냥 세월을 놓고 지내던 술꾼이었다가 어디
한 곳 머물 곳 없는 떠돌이였다가 지금은 그저 닥치는 대로 여
기저기 기웃거려 밥이나 먹고 산다는 그를 잘 안다고 할 수는
없지만 분명한 것은 그가 김제평야만큼 넓은 사람이라는 것이
다 이곳저곳 감싸며 느리게 흘러가는 만경강처럼 부드러운 사
람이라는 것이다 내 안에 담겨 있는 그 간단한 약력만으로 그
와의 술자리는 늘 느리고 길다 이것이 내가 요즘 행복해하는
이유이다.

― 「약력」 전문

나 비록 집에서 멀리 떠나와 여기 한적한 비토섬 하봉마을
한 민박집 사랑방에 몸을 부리고 별 차도 없는 요양 생활 기약
도 없이 흘러가지만 배시시 물들어가는 단감 같은 달빛도 스며
들고 자갈밭에 구르는 파도 소리 등에 업고 바람도 찾아들며

한결같이 잔잔한 아내의 미소가 나날을 감싸주고 있어 한순간
이나마 눈살 찌푸리며 고개 저어댈 수 없어요.

—「아픈 사람」 전문

「동백」을 먼저 보자. 맑은 동백은 바닷바람에 몸을 뒤척이면서
도 애써 꽃눈을 밀어 올린다. 무엇이 동백으로 하여금 이런 행동
을 하게 했을까? 시인은 "당신이 오래오래/나를 기다린 것으로 알
겠습니다."라고 쓰고 있다. 누군가를 기다리는 간절한 마음으로
동백은 매서운 바닷바람을 견디며 꽃눈을 세상으로 밀어냈다. 이
런 동백을 앞에 둔 사람이 어떻게 다른 마음을 품을 수 있을까?
시인 또한 겨울 갈맷길을 걸어왔다. 하필이면 왜 겨울 갈맷길이
냐고 물을 필요는 없다. 시인 스스로 불편함을 감수하며 여행을
떠난 것이니까. 그곳에서 시인은 오래오래 자신을 기다려준 당신
과 마주한다. 당신이 온몸으로 펼쳐낸 동백과 만남으로써 시인은
새로운 계절(봄)을 맞이하는 힘을 얻는다. 동백이 피어야 봄은 오
는 법이다. 동백이 겨울 갈맷길을 걷는 시인에게 새로운 길을 열
어주는 셈이다.

「약력」에는 김제평야만큼 마음이 넓은 사람이 나온다. 그는 능
숙한 선반공이기도 하고, 철제 빔을 세우는 철근공이기도 하다.
세월을 즐기는 술꾼이며 머물 곳 없이 떠도는 나그네이기도 했
다. 지금은 여기저기를 기웃거리며 닥치는 대로 일을 하며 먹고
산다는 그를 시인은 "이곳저곳 감싸며 느리게 흘러가는 만경강처
럼 부드러운 사람"이라고 이야기한다. 만경강처럼 넓고도 부드러
운 이 사람과 느리고 긴 술자리를 하는 요즘 시인은 더할 수 없는

행복을 느낀다. 「동백」에 나오는 '당신'이 이 시에서는 "김제평야 만큼 넓은 사람"으로 변주되어 나타난다. 이 사람은 자본주의가 원하는 인간 군상이 아니다. 차라리 그는 자본의 바깥으로 뛰쳐나가 느리고도 느린 삶을 살아간다. 속도의 신화에 반하는 삶을 산다고나 할까.

「아픈 사람」에 나오는 '아픈 사람' 역시 자본주의가 신봉하는 속도의 신화와는 다른 길을 걷고 있다. 집을 떠나 한적한 비토섬 하봉마을의 한 민박집 사랑방에 몸을 부린 이 사람은 기약 없는 요양 생활로 시간을 보낸다. 아픈 사람 주변에 사람이 있을 리가 없다. 아픈 것만도 서러운데 속절없이 밀려드는 이 외로움은 어쩌란 말인가? 시인은 "배시시 물들어가는 단감 같은 달빛도 스며들고"라고 쓰고 있다. 달빛만이 아니다. "자갈밭에 구르는 파도 소리를 등에 업"은 바람이 아픈 사람이 있는 곳으로 찾아든다. "한결같이 잔잔한 아내의 미소"가 아픈 사람의 나날을 감싸주고 있기도 하다. 아무것도 없다는 생각이 드는 바로 그 순간 주변을 돌아보라. 달빛이, 바람이, 그리고 아내의 미소가 환하게 아픈 사람을 비춘다. 속도에 매인 사람은 주변을 돌아볼 힘이 없다. 아픈 사람은 바로 그 아픔으로 해서 자기를 돌아볼 계기를 얻은 셈이다.

속도의 신화를 신봉하는 자본주의 사회는 사람들을 무한 경쟁의 대열로 내몬다. 「비 오는 아침」에 표현된 대로, 경쟁에서 내몰린 민중들은 딱히 갈 곳이 없다. 시인의 말마따나 "저들도 어쩌다 한 번은/아파트 창가에 물끄러미 서서/아무런 근심도 불안도 없는/맑은 빗소리를 찻잔에 담고 싶을 것이다". 그러려면 무한 경쟁에서 기필코 살아남아야 한다. 남을 밟고 일어선 다음에야 아무런 근심 없이 맑은 빗소리를 찻잔에 담을 수 있다. 편리함과 불편함 사이에 놓인 지극한 거리는 이렇듯 무한 경쟁 사회의 논리와 밀접하게 연동되어 있다. 편리함에만 치중하다 보면 타인으로 향하는 마음을 애써 끊어낼 수밖에 없다. 편리한 사회란 곧 경쟁 사회의 논리를 그대로 담고 있지 않은가. 윤임수의 시를 관류하는 불편함의 시학(詩)은 바로 이 지점에서 뻗어 나온다고 하겠다.

> 태안 조개부리 마을에 가서
> 종일 엎드려 있는 개펄을 보았다
> 처음에는 햇볕이 따가워서 그런 줄 알았다
> 밤새 거센 파도에 시달려
> 삭신 쑤셔서 그런 줄로도 알았다
>
> 그러나 그게 아니었다 개펄은
> 품고 있는 바지락이
> 아무 걱정 없이 자라라고
> 바다에서 돌아오는 소달구지 진흙길도
> 판판하게 단단하라고
> 닳고 닳은 무릎으로 함지박 밀고 가는
> 세상 모든 어머니의 허리가
> 더는 휘어지지 말라고
> 눈을 질끈 감고
> 가만 엎드려 있는 것이었다
>
> 그것을 알고 나자 비로소
> 유려한 곡선의 갯고랑

그 깊은 속살이 사랑스럽게 다가왔다

—「개펄」전문

　하루 종일 엎드려 있는 개펄을 보며 시인은 생명이 사는 근본 원리가 무엇인지를 묻는다. 처음에 시인은 햇볕이 따가워 개펄이 종일 엎드려 있는 줄 알았다. 밤새 거센 파도에 시달린 몸을 보살 피느라 그런 줄 알았다. 개펄을 그저 개펄로만 봤다고나 할까? 개 펄을 하나의 개체로만 보면 개펄이 품고 있는 또 다른 생명이 보이지 않는다. 개펄을 제대로 보려면 그러므로 개펄이 품고 있는 생명을 더불어 볼 수 있어야 한다. 시인은 말한다. "개펄은/품고 있는 바지락이/아무 걱정 없이 자라라고" 하루 종일 엎드려 있는 것이라고. 개펄과 바지락의 관계를 들여다보지 않고 어떻게 개펄의 생태를 이해할 수 있을까? "바다에서 돌아오는 소달구지 진흙 길도/판판하게 단단하라고" 개펄은 늘 가만히 엎드려 있다. 따가운 햇살을 온몸으로 받는 삶이 얼마나 고달프고 불편할 것인가? 개펄은 그래도 엎드려 있는 자세를 풀지 않는다.

　윤임수가 꿈꾸는 시의 세계는 온갖 생명을 그 속에 품은 채 엎드려 있는 개펄과 밀접하게 연관되어 있다. "닳고 닳은 무릎으로 함지박 밀고 가는/세상 모든 어머니의 허리가/더는 휘어지지 말라고/눈을 질끈 감고/가만 엎드려 있는" 개펄에서 시인은 자본에 치여 사는 수많은 약자들을 한 몸에 품는 거대한 생명을 본다. 약자를 끌어안으려면 약자의 처지를 이해할 수 있어야 한다. 약자 만큼 '불편하게' 이 세상을 사는 이들이 어디에 있을까? 개펄은 그 래서 불편한 몸으로 엎드려 바지락을 품고, 판판하고 단단한 진흙길을 내며, 흰 허리로 함지박을 미는 세상 모든 어머니를 끌어안는다. 시인은 약자를 대하는 개펄의 이 아름다운 마음을 "유려한 곡선의 갯고랑/그 깊은 속살"로 표현한다. 이 마음을 알고 어떻게 개펄을 사랑하지 않을 수 있을까? 개펄에서 시인은 생명과 생명으로 이어진 세계의 원형을 보고 있는 것이다.

「스며들었다」에 드러난 바, 생명은 서로가 서로의 몸속으로 스며들어 하나이자 여럿인 세계로 뻗어 나간다. 햇살은 풋대추에 토실하게 스며들고, 바람은 대숲으로 가뿐하게 스며든다. 달빛이 골목길에 은근하게 스며들면 "당신도 내 마음에 그렇게 스며들었다"라고 시인은 쓰고 있다. 서로의 몸속으로 스며드는 일이란 서로를 사랑하는 일이면서 동시에 한 생명이 다른 생명을 낳는 길이기도 하다. 한 생명이 있어 여러 생명이 나왔고, 여러 생명이 있어 한 생명은 죽어도 죽지 않는 삶을 살아왔다. 자본은 무엇보다 이러한 생명의 고리를 끊어 서로가 서로에게 적이 되는 사회를 만들려고 한다. 서로가 서로에게 스며드는 미덕이 사라진 사회에서 사람들은 저마다 제 이익을 챙기기 바쁘다. 어떻게든 강자가 되어 약자를 지배하는 위치에 서려고 한다.

시인의 말마따나, 발라내야 하는 가시가 "네게는 삶을 지탱하는/든든한 뼈"(「아주 사소한 생각」)가 될 수도 있는 법이다. 서로가 서로의 적이 되는 사회에 익숙한 사람들은 이러한 삶의 이치를 전혀 이해하지 못한다. 발라낼 것을 완전히 발라내야 뼈가 든든해질 것이라고 그들은 생각한다. '아주 사소한 생각'이 세상을 뒤바꾸는 커다란 힘이 될 수 있다. 같은 시에서 시인은 뱉어내야 할 씨가 "네게는 내일을 여는/밝은 문"이 될 수 있다고 강조한다. 누군

가에게는 아무런 의미도 없는 것이 다른 누군가에게는 목숨을 걸
만큼 소중한 것이 될 수 있다. 아파본 사람은 아픈 사람의 서러움
을 잘 알고, 가난에 시달린 사람은 가난이 주는 아픔을 잘 안다.
서로가 서로에게 스며드는 삶이란 아무것도 아닌 것이 누군가의
삶을 밝히는 "밝은 문"이 될 수 있다는 점을 인정하는 데서 비롯되
는 셈이다.

　　자동차 길이 없어 버스도 다니지 않는 경상북도 봉화군 양
　　원 마을의 유일한 출입로는 영동선 기차뿐인데, 사람 몇 안 되
　　는 작은 마을이어서 기차가 서지 않았습니다. 사람들은 분천이
　　나 승부까지 산 넘어 나갔다가 물 건너 돌아와야만 했습니다.
　　읍내 장에서 돌아오는 짐은 창밖으로 미리 던져졌고 다음 역에
　　서 내려 시오리 길을 돌아온 헐렁한 손에 들려 집으로 갔습니
　　다. 철다리와 굴 몇 개를 지나 돌아오는 길은 터벅터벅 하염없
　　이 먼 길, 마을 사람들은 철길 옆에 작은 집 하나를 지어 '양원
　　역 대합실'이라는 명패를 붙여놓고 기차를 세워달라고 청했습
　　니다. 그리고 마침내 기차가 섰습니다. 한국철도공사에 역이라
　　는 공식 기록은 없지만 그렇게 기차는 빠르게 달려가는 세월을
　　잠시 내려놓고 느린 사람 몇을 태웠습니다.

　　도라지꽃 희미한 2005년 가을 저녁의 양원역, 기차에서 보
　　따리를 이고 느릿느릿 내리는 할머니 한 분의 모습을 평생 지
　　우지 않기로 했습니다.

　　　　　　　　　　　　　　　　　　　　　　—「양원역」 전문

양원 마을은 버스가 다니지 않는 곳이다. 영동선 기차만이 이

마을의 유일한 출입로이지만, 사람이 몇 안 되는 마을에 기차가 설 리 없다. 버스와 기차는 자본의 논리로 움직인다. 돈이 되지 않으면 운행하지 않는 게 원칙이라는 말이다. 버스도 다니지 않고, 기차도 서지 않으니 마을 사람들은 산을 넘고 물을 건너 분천이나 승부까지 나가야 한다. 그곳을 거쳐 읍내에서 일을 본 사람들은 기차 창밖으로 미리 짐을 던진 후, 다음 역에서 내려 시오 리 길을 돌아와 헐렁한 손에 짐을 들고 집으로 돌아간다. 철다리와 굴 몇 개를 지나 사람들은 터벅터벅 길을 걷는다. 다리는 한없이 무겁다. 읍내에 나갈 때마다 사람들은 이런 일을 반복해야 한다. 읍내에 나가지 않고 살 수는 없으니 이렇든 저렇든 적응을 해야 한다.

참다못한 마을 사람들이 철길 옆에 작은 집 하나를 짓고는 '양원역 대합실'이라는 이름을 붙였다. 그러고는 기차를 세워달라고 관계당국에 청했나 보다. 기차는 자본의 산물이라고 했다. 자본은 이익이 되지 않는 곳에는 투자를 하지 않는 법이다. 몇 사람을 태우기 위해 기차가 과연 양원역에 서게 될까? "그리고 마침내 기차가 섰습니다."라고 시인은 쓰고 있다. 속도를 중시하는 기차가 "세월을 잠시 내려놓고 느린 사람 몇을" 태우기 위해 한국철도공사에 역으로 등록되지 않은 아주 작은 집 앞에 멈추었다. 시인은 '마침내'라는 시어로 작은 집 앞에 멈춘 기차의 기적을 표현하고 있다. '기적'이라는 말이 지나친 표현이라고 생각하는가? 오로지 앞만 보고 달리는 자본이라는 경주마를 떠올린다면 이 표현은 결코 지나치지 않다. 자본 너머로 나아가는 길이 여전히 열려 있음을 이 시는 분명히 보여주고 있다고 봐도 좋을 것이다.

시인은 "도라지꽃 희미한 2005년 가을 저녁의 양원역"을 분명히 기억하고 있다. 세월을 잠시 내려놓은 기차에서 할머니 한 분이 보따리를 이고 느릿느릿 걸어 내렸다. 빠르게 달리는 기차와 느릿느릿 걸음을 걷는 할머니가 묘하게 대조되고 있지 않은가. 느리게 걷는 할머니가 기차의 속도를 따라갈 수는 없다. 기차가 양원역에서 멈추지 않으면 할머니는 다음 역에서 내려 철다리와 굴 몇 개를 지나 터벅터벅 하염없이 먼 길을 걸어와야 할 것이다. 시인은 기차에서 내리는 할머니의 "모습을 평생 지우지 않기로" 맹세한다. 이것을 인간이 중심이 되는 세상을 만드는 것으로 이해해서는 안 된다. 시인은 인간이 아니라 '약자'를 말하고 있다. 할머니를 비롯한 무수한 생명들이 약자의 범위에 들어갈 수 있다. 인간이 세운 문명의 바깥으로 쫓겨난 생명들을 떠올려보라. 서로가 서로의 몸속으로 스며드는 세계는 무엇보다 약자를 배려하는 마음을 통해서만 비로소 이루어진다고 하겠다.

3.

표제작인 「꼬치 아파」에는 혀가 짧아 발음이 정확하지 않은 사람이 나온다. 그는 "가끔 미간을 찡그리며/아후 꼬치 아파," 소리를 친다. 시인은 이 말을 들을 때마다 "대체/골치가 아픈 것일까/꼬치가 아픈 것일까" 하고 생각한다. 별다를 게 없는 이 시의 상황은 "오늘 아침/ 장대비에 맥을 놓은 백일홍을 보며" 그가 "아후, 꼬치 아파,"라고 외치면서 새로운 맥락으로 뻗어 나간다. 시인의 말마따나 "백일홍은 골치도 없고 꼬치도 없"다. 이런 백일홍을 보고 혀가 짧은 그는 왜 '꼬치 아파'라는 말을 내뱉었을까? "분명/꽃이 아픈 게 맞으렷다."라는 시구에 시인이 궁극적으로 이야기하려는 바가 나와 있다. 꽃의 아픔을 아는 사람이 다른 생명의 아픔을 모를 리가 없다. 꽃의 눈으로 꽃을 보지 않는 사람이 어떻게 꽃의 아픔을 느낄 수 있을까?

더 내놓을 것 없는 팽나무의
마른 뺨을 호되게 올려붙이고
여린 가슴 살얼음도
바싹 얼어붙게 하면서
외딴집 창문을 덜덜 떨게 했던 것이
제 딴에도 참 미안했던 것이지
바람 없는 건물 모서리에 웅크린 채
겨우내 눈만 끔벅이다가
둘둘 싸매고 있던 찌든 날들 벗어놓고
양지바른 잔디밭에 누워 있는 몇몇에게
순하디순한 햇살 펼쳐
가만가만 어루만지는 손길

나도 이제
가난한 네 이름을 불러야겠다

— 「2월」 전문

그러니까 이 겨울이 가기 전 내 소망은
강원도 영월 주천 판운리에 가서
청솔가지 촘촘하게 엮은 섶다리 건너

평창강 낮은 물소리 가만가만 건너
허리 숙여야 들어갈 수 있는
나지막한 나무집 섶다방에 드는 것이다
거기에서 당신과 아무 말 없이 빙긋
따스한 대추차 한 잔 마시는 것이다
그러면서 한결 편안해진 당신의 옆얼굴을
좀 더 오래 바라보는 것이다
그렇게 우리에게도 봄이 오고 있음을
느긋하게 들여다보는 것이다

— 「늦겨울 소망」 전문

2월은 절기상으로 입춘(立春)과 우수(雨水)에 닿아 있다. 봄의 시작을 알리는 시기라는 말이다. 하지만 2월의 날씨는 참으로 춥다. 하늘에는 봄이 왔는지 몰라도 지상에는 여전히 찬바람이 쌩쌩 분다. 찬바람은 "더 내놓을 것 없는 팽나무의/마른 뺨을 호되게 올려붙이고", "여린 가슴 살얼음도/바싹 얼어붙게" 한다. 땅속 깊은 곳에서는 새싹이 자라날지 모르지만, 새싹이 지상으로 올라오려면 아직은 많은 시간을 기다려야 한다. 하지만 봄이 오고 있다는 것만은 부인할 수 없는 사실이다. 시인은 2월의 대지에서 "순하디순한 햇살 펼쳐/가만가만 어루만지는 손길"이 뻗어 나오는 것을 온몸으로 느낀다. 햇살은 "바람 없는 건물 모서리에 웅크린 채/겨우내 눈만 끔벅이"던 생명을 양지바른 잔디밭으로 불러낸다. 잔디밭에 누워 있는 몇몇에게서 순한 햇살을 내리비치는 2월의 손길을 느끼다 보면, 때를 어기지 않는 자연 이치가 새삼 신비롭기도 하다.

자연 이치를 따르면 생명은 호된 눈보라가 치는 계절에도 죽지 않고 살아남을 수 있다. 겨울이 되면 나뭇잎을 떨어낸 나무는 남은 힘을 뿌리로 모은다. 한겨울을 무사히 지내기 위해서다. 자연은 팽나무의 마른 뺨을 매서운 바람으로 올려붙이기도 하지만, 그 뺨을 순한 햇살로 어루만지는 손길을 베풀기도 한다. 매운 추위가 가시지 않은 2월에 입춘과 우수 절기가 들어간 이유를 곰곰이 생각해 보라. 자연은 서서히 생명이 살 길을 열어준다. 생명이 환경에 적응할 시간을 준다는 말이다. 이 상황을 '환대'라는 말로 표현해도 좋겠다. 환대는 아무런 조건 없이 베푸는 마음을 의미한다. 한겨울을 간신히 견딘 생명에게 따스한 햇살만큼 힘을 주는 게 어디에 있을까? 시인은 한없이 베푸는 자연 이치에서 우리가 살아가야 할 미래를 엿본다. 자연은 강자의 법칙에 따라서만 움직이지 않는다. 약자가 살 길을 반드시 열어놓는다.

시인은 자연이 2월에 내보이는 이 힘을 온몸으로 느끼며 "나도 이제/가난한 네 이름을 불러야겠다."라고 다짐한다. 자본의 눈으로 보면 2월은 참으로 황량한 시절이라고 할 수 있다. 하늘에는 봄이 왔다고 하는데, 지상은 여전히 매서운 바람이 불어댄다. 사람들은 두툼한 옷을 입고 옷깃을 여민 채 따뜻한 곳을 찾아다닌다. 말 그대로 "가난한 네 이름"일 수밖에 없다. 하지만 맵찬 바람이 부는 바로 그 상황에도 생명은 땅속 깊은 곳에서 꿈틀꿈틀 피어날 준비를 하고 있다. 2월 햇살은 언 땅을 뚫고 나오려는 생명의 의지를 순한 햇살로 가만가만 어루만진다. 가난한 네 이름에는 그러므로 생명을 움트게 만드는 어떤 힘이 잠재되어 있다. 이름을 부르는 행위는 이 힘을 지상으로 끌어내는 것과 다르지 않다.

「늦겨울 소망」에 나타나는 바 그대로, 시인은 자연이 베푸는 이 힘을 느긋하게 들여다보려고 한다. 다음 계절을 기다리는 느긋한 마음은 양원역에 잠시 멈춘 기차에서 느릿느릿 내리는 할머니의 걸음을 떠올리게 한다. 조급하다고 다음 계절이 빨리 오는 것은 아니다. 할머니가 급하게 기차에서 내리면 어떻게 될까? 한편으로 할머니가 내리기도 전에 기차가 출발하면 어떻게 될까? 모든 일에는 때가 있는 법이다. 이 시에서 시인은 "이 겨울이 가기 전 내 소망"을 이야기한다. 그는 강원도 영월 주천 판운리에 있는 "나지막한 나무집 섶다방에" 들어가려고 한다. 이곳으로 가려면 평창강 낮은 물소리를 가만가만 들으며 청솔가지 촘촘하게 엮은 섶다리를 건너야 한다. 더 빨리 봄을 맞이하려고 빨리빨리 달려가도 소용이 없다. 때가 되어야만 봄은 오게 되어 있으니까.

허리를 숙여야 들어갈 수 있는 섶다방에서 "당신과 아무 말 없이 빙긋/따스한 대추차 한 잔 마시는 것"이 시인의 소망이다. 섶다방에서 시인은 세 가지 일을 하고 있다. 우선 허리를 숙인다. 겸손한 마음이 있어야 섶다방으로 들어갈 수 있다는 얘기겠다. 다음은 아무 말도 하지 않는다. 침묵이다. 나머지 하나는 따스한 대추차를 마시며 몸을 데우는 일이다. 허리를 숙이고, 침묵을 지키려고 하는 사람이 성급하게 무언가를 할 리는 없다. "한결 편안해진 당신의 옆얼굴을/좀 더 오래 바라보"려면 시인은 더욱 더 허리를 숙여야 하고, 더욱더 침묵을 해야 한다. 아무것도 말하지 않음으로써 당신과 더 큰 교감을 나누어야 한다. 자본의 힘으로 모든 것을 지배하려는 문명사회는 무엇보다 자연과 교감하는 이 마음을 무시한다. 느긋하게 봄을 기다리지 않고, 어떻게든 '빨리' 봄을 지금 이곳으로 끌고 오려고 한다.

115

윤임수는 느긋한 마음으로 따스한 대추차 한 잔을 마시며 봄을 기다린다. 문명사회에 익숙한 우리는 느긋한 마음을 버린 대가로 편리한 생활을 얻었다. 불편함을 감수하지 않고 누가 섶다리를 건너 허리를 숙이면서까지 섶다방에 들어갈까? 불편함을 기꺼이 받아들였기에 시인은 당신과 아무 말도 없이 대추차 한 잔을 마시는 여유를 즐길 수 있다. 「살얼음이 살짝」에 표현된 바, "늦잠에서 깨어난 살얼음이/살짝 웃"는 장면을 엿볼 수 있다. 살얼음이 내보인 "저 수줍은 웃음으로 이 겨울/내 메마른 추위도 살짝/가실 것 같다."라는 대목에 시인의 진심이 나와 있다. 살얼음은 수줍은 웃음으로 따스함을 표현한다. 섶다방에서 시인이 오랫동안 들여다보는 당신의 옆얼굴에도 분명 이런 웃음이 스며들어 있을 것이다.

살얼음의 수줍은 웃음은 「양지꽃」에 이르면 "온몸으로 봄을 밝히는 양지꽃"으로 변주되어 나타난다. 이 시에서 시인은 양지꽃이 스스로 고개를 돌리게 하기 위해 "양지꽃 양지꽃"을 소리 내어 부른다. 주변을 둘러보지 않고 빠르게 가면 작은 꽃은 보이지 않는다. 산길을 내려오면서도 시인은 거듭해서 양지꽃을 부른다. 무언가와 교감을 하려면 먼저 그 무언가의 이름을 불러야 한다. 사물과 보조를 맞추지 않고 어떻게 사물의 이름을 부를 수 있을까? 「봄날의 그늘」에 나타나듯, "봄날의 여린 그 그늘 흐트러질까 봐/내 발걸음도 스르르 늦추어졌다". 느릿느릿 걷지 않으면 살얼음의 수줍은 웃음을 볼 수 없고, 양지 바른 곳에 피는 양지꽃을 볼 수가 없다. 관심을 기울이지 않으면 볼 수 없는 이 사물들을 보기 위해 윤임수는 일부러 느릿느릿 걸음을 걷는다.

느린 걸음을 떼며 주변을 둘러보는 시인을 온갖 사물들이 스스로 몸을 열어 맞이한다. 「삼소굴(三笑窟)에 들고 싶다」에서 시인은 "모든 마음의 경계 앞에서/늘 안쓰럽게 머물렀던 내 발걸음"을 이야기하고 있다. 사물을 지배하려는 욕망을 내려놓으면 '나'와 사물을 나누던 경계는 쉬이 허물어진다. "가벼워, 참으로 가벼워/세상 속으로 훌쩍 스며들 수 있을 것 같다"는 시구에 윤임수가 이른 시 세계가 분명히 드러난다. 자기를 놓은 시인을 사물들은 즐거운 마음으로 환대를 한다. 자본의 시선으로 보면, 한없이 가벼운 삶은 한없이 불편할지도 모른다. 시인은 무엇보다 이러한 가볍고도 불편한 삶으로 속도와 증식에 매인 자본의 세상과 맞서고 있다. 자본은 환대를 모른다. 자본이 모르는 이 환대를 끌어안고 시인은 불편한 삶을 실천하는 사람들을 향해 기꺼이 느릿한 발걸음을 떼고 있는 것이다.

吳弘鎭 | 문학평론가

푸른사상 시선 142

꼬치아파